LATA de SAL

Bea Enríquez
*Mañana todo el día*

ZZZ

Título original: *Mañana todo el día*
© del texto y las ilustraciones: Bea Enríquez, 2016

© Lata de Sal Editorial, 2016

www.latadesal.com
info@latadesal.com

© del diseño de la colección y la maquetación: Aresográfico

ISBN: 978-84-945647-2-7
Depósito legal: M-26475-2016
Impreso en China

En las páginas interiores se ha usado papel FSC® de 157 g
y se ha encuadernado en cartoné plastificado mate,
en papel FSC® de 157 g sobre cartón de 2,5 mm.
El texto está escrito a mano por Bea Enríquez.
Sus dimensiones son 200 × 250 mm.

Y Logan y Chasis te recomiendan que no dejes para mañana lo que puedas leer hoy.

# Mañana todo el día

BEA ENRÍQUEZ

LATA de SAL

Gatos

Estoy pensando en mañana.

Saludaremos a los primeros rayos de sol

Y SUBIRÉ ALTO HASTA TOCAR LAS NUBES.

Moveremos nuestras alas negras
entre picos de colores

Y VOLARÉ CON LOS TUCANES.

Perseguiremos al viento con todas nuestras fuerzas

Y CORRERÉ CON LAS GACELAS.

Resolveremos los problemas
que tenemos con los mandriles

Mañana SERÁ UN DÍA DIFÍCIL.

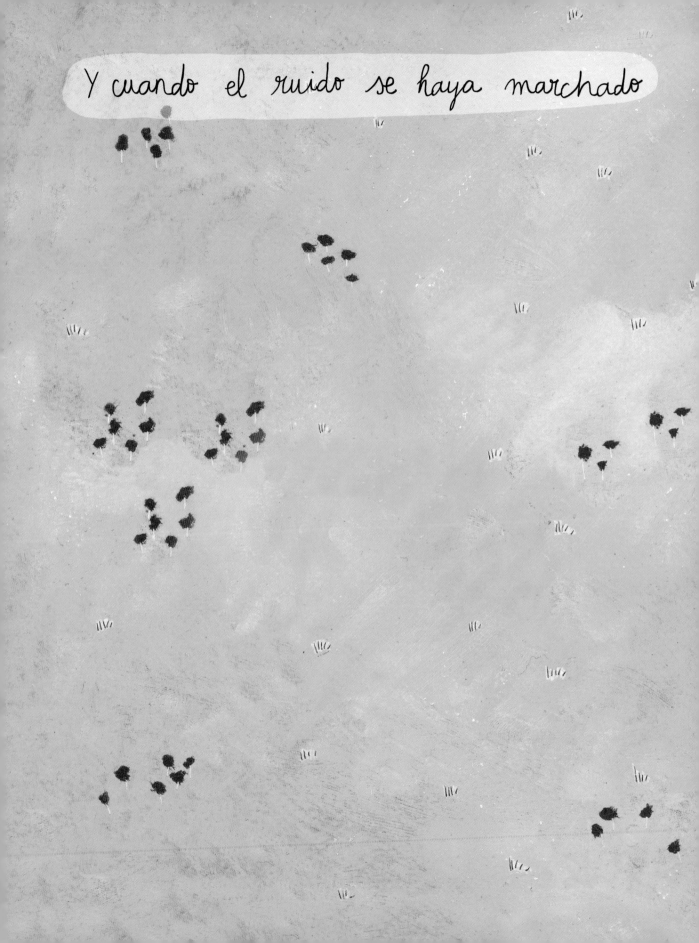

Y cuando el ruido se haya marchado

DESCANSAREMOS EN UNO DE NUESTROS LUGARES FAVORITOS.

Sin que nadie se asuste, acecharemos sigilosos

Y CAZARÉ CON LAS RANAS DE LA CHARCA.

Ayudaremos al gran oso blanco
a abrir todos los botes de pintura.

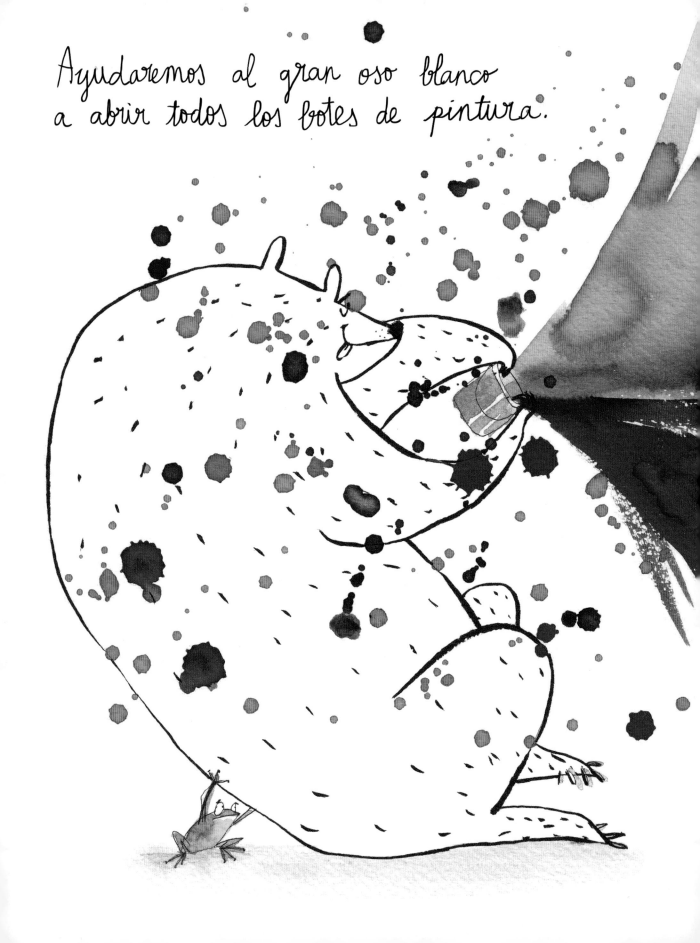

Mañana, LLENARÉ TODO DE COLORES.

Una, dos, tres, cuatro, cinco, seis, ocho, catorce...

¡CEBRAS! ¡ESTAOS QUIETAS!

Visitaremos al elefante de las llanuras

Y APROVECHARÉ
PARA REFRESCARME UN POCO.

Nos pondremos elegantes para saludar
a todos los flamencos del río.

Mañana TENDRÁ UN COLOR DIFERENTE.

¿MAÑANA SERÁ ASÍ?

¿Lo será?

Mañana, VOLVERÉ A PREGUNTAR A LAS ESTRELLAS.

LATA
de
SAL

Gatos